Illustrationen: Simone Sixt
© Ilse Sixt 2009

Dialog zwischen

Hans und Ilse

Für das Vergangene „Danke!"

Für das Kommende „Ja!"

Vorwort

von Herbert Schneider

Sie: "Des heds aba net braucht, dasd' ma zum Hochzeitstag rote Rosn kafft host." – Er: "Wenns nix anders mehr ghabt ham!"
Bloß ein kleines Beispiel von vielen, wie beim Ehepaar dieses witzigen Dialog-Bücherls die Worte und manchmal sogar (fast) die Fetzen fliegen. Natürlich sind beide, wie wir sofort erkennen, waschechte Bayern, erfahren indes nur, wie der Ehemann, dieser alte Quengler, heißt, nämlich Hans.
Wer aber ist sie? Der Vorwortler vermutet, dass sie den Vornamen Ilse trägt und schon eine ganze Latte von Bücherln verfasst hat. So manches gestandene Ehepaar mag sich bei der Lektüre an die eigene Nase fassen und sich verschmitzt sagen "Des kimmt mir bekannt vor".
Jedenfalls gibt es bei diesen Wortgefechten viel zu schmunzeln und zu lachen!
Fang, werte Leseratte, zu lesen an und du "Sixt" as selber!

Herbert Schneider (Turmschreiber)

Dialog

zwischen

Hans und Ilse

Sie: "Hans, heid pressierts mit'm Essn.

Es gibt übabacknen Camembert und

a Weißbier.

Lieber Gott sei unser Gast und segne,

was du uns bescheret hast."

Er: "Vom Aldi, host vagess'n."

Sie: "S' Gschäft is ned guad ganga auf'm
Christkindlmarkt, aber mit de Biachal,
de i hergschenkt hob,
hob i vui Freid macha kenna."

Er: "D' Hauptsach, du host a Freid ghabt,
wennst aa, wia so oft, wieda draufzoit host.
Aba Frau, wo kemma denn hie,
wenn du ois vaschenkst?"

Sie: "Ebba gar in Himme?"

Sie: "Hans, i muaß da wos vorlesn: "Die Mutter
trägt im Leibe das Kind drei Vierteljahr.
Die Mutter trägt auf Armen das Kind, weil's
schwach noch war. Die Mutter trägt im
Herzen die Kinder immerdar."

Er: "Host as ghert? D' Muatta trogts, ned
d' Großmuatta. Merk da's!"

Sie: "I geh jetz in d' Abendmess und hernoch bach i no Platzal vo dem scho hergrichtn Doag."

Sie: "Hans, jetz hed mi im Finstan beinah oana zammgfahrn."

Er: "Ja du bist guad, wos hed na i mit dem Platzaldoag macha soin?"

Sie: "Bis i den Briaf gschriem hob, kannst du an Hoafa voi Kartoffe histejn."

Sie: "Warum san denn de so sandig? Host as ned gwaschn?"

Er: "Wos hoast, ned gwaschn? Host du no nia wos vo da Heilerde ghert?"

Sie: "Meij erste Chefin hod oft gsogt: Und hättest du alles und hättest kein Bett, du wärest der Ärmste auf Erden. Und hast du nichts als ein gutes Bett, du könntest reicher nicht werden."

Er: "Jetz derfst scho staad seij, jetz woas es scho. Guad Nacht."

Sie: "Hans, bevor i eijschlaf, singst doch jedn
Abend. Warum heid ned?"

Er: "Freili hob i g'sunga. Du host nur ned aufbasst.
Und zwoamoi sing i ned."

Sie: „I hob an Übanachtsalot gmacht. Woast scho, mit Sellerie, Erbsn, Mais, Mandarinen, Ananas, Äpfe, Schinkn und Emmentaler. Mogst oan?"

Er: "Ja, oba erscht, wennstn sortiert host."

Sie: "Auf de ersteigatn Orglpfeifn derfst pfeifn, aba an Ton gib i oo!"

Er: "Des is doch nix neis. Des war doch scho imma a so."

Sie: "Hans, bring a große Flaschn

Huastnsaft mit."

Er: "Warum? Dass d' länga huastn kannst?"

Sie: "Hans, endli woaß i, wia i mit dir in deim

Oida umgeh muaß. I hob nämli

d' Gebrauchsanweisung in deim Strohsog

gfundn: Kühl und trocken lagern."

Sie: „Deij Parfümflascherl zu meim Geburtsdog is oba arg kloa ausgfoin."

Er: "Nächsts Johr kaaf i dir an hoibn Lidda um a Fuchzgal."

Sie: "Hans, jetz derfst glei zum Eikaffa fahrn und auf d'Post und aa glei auf Bank. - Na - heid pressierts ja ned aso. Heid is ja Donnasdog und Nachmittdog aa no offn."

Er: "Du bist wia unsa Katz. Oamoi springst zum Koda und oamoi zum Fress'n."

Er: "Wo san denn meine Schuah ? Hoffentle sans aa putzt? Ned, dass wieda volla Dreeg untam Schrank stenga."

Sie: „Denkt an das Zitat Götz von Berlichingen und schweigt."

Er: "Denkst da du des no amoi?"

Sie: „Hans, bist daschrocka, wias bei da Fronleichnamsprozession gschossn ham?"

Er: "Seit i di hob, daschreckt mi nix mehr."

Sie: "Wenn i amoi gschtorm bin, lasst's mi vabrenna. De Aschn straads dann do hi, wo i gern gwen bin."

Er: "Des is ganz oafach: A wengal oane strama vorn Kühlschrank, a wengal oane auf'n Diwan und a wengal oane in deij Bett. Den Rest vateiln ma auf de Woidweg, de du gern ganga bist."

Sie: "Hans, manchmoi duads ma scho arg leid, wenn i mit dir ned grod seidan umganga bin. Oiwei muaß i dir des wieda song."

Er: "Woast, wiast ma du virkimmst? - Wia oana, der auf'm Misthaufa omsteht und oiwei umgrobt, dass 's Stinga ned aufherd."

Sie: "Stell da vor, i hob vo meine Gschichtnbiachal scho de Hälfte vakafft und de andere Hälfte hob i vaschenkt."

Er: "Host de größere oda de kloanare Hälfte vaschenkt?"

Sie: "Du glaubst ma nia, wenn i aa amoi schlecht
beinand bin. Amoi kimmst hoam,
und i bin gschtorm."

Er: "Wenn i hoamkimm und du bist
gschtorm, wer i mia denga: Jetz muaß ihr
doch wos gfehlt hom."

Sie: "Hans, kann's auf da Welt jemand bessa geh

ois uns?"

Er: "Ja, dir!"

Sie: "Heid hob i mir zwoa Boor Schuah kafft.
      Schau, wia schee."

Er: "A so wia de ausschaugn, sans wieda
      Stehschuah."

Sie: "Hans, wenn i jetz vier Wocha ins
Kranknhaus muaß, dua fei
ab und zua obstaum."

Er: "Wos soi i – obstaum? Di hob i no nia
gseng, wiast obgschtaubt host."

Sie: "Mir ham ois, wos ma braucha."

Er: "Und no vui mehra, wos ma ned braucha."

Er: "Heid hobe am Stammtisch an neia Kaplan gfrogt, ob ma auf eahm aufpassn miassn, dass'n da Pfarra ned aufarbat?"

Sie: "Hoda wos draufgsogt?"

Er: "Do hoda gmoand: ‚Na, na, des brauchts ned'. Zwoa Zähn hoda se scho ausbissn."

Sie: "Bei meiner Beerdigung wui i koa Grabred."

Er: "Wos soin mia aa song? Höchstens: Ihr
böser Geist wird noch lange um uns sein."

Sie: "Vier gsunde Kinda hob i dir gschenkt."

Er: "Du host mia gar nix gschenkt. De hob i mia

scho selba macha miassn."

Sie: "Jetz bist oba scho arg vagesslich."

Er: "Gar ned wahr. Es san nur drei Sachan, de i mia nimma merka ko: Namen, Zahlen - und des Dritte woaß i nimma."

Sie: "Horch amoi, wos do steht: Es gibt Frauen, die kaufen so gern ein, als wollten sie die Weltwirtschaftskrise im Alleingang bezwingen."

Er: "Wer hod denn des gschriem?"

Sie: "A Amerikana!"

Er: "Wos - in Amerika kennas de oiso aa scho."

Er: "Vor da Kirch hod se a Brautboor fotografiern lassn. Des war vielleicht a fesche Braut! Do hob i erscht gseng, dass de Bräute frühra gar ned so schee warn, wia i oiwei gmoant hob."

Sie: "Seit 50 Johr kenn i deine charmantn Komplimente."

Sie: "So wos is ma aa no nia passiert. Hobe doch zweng fünf Minutn an Zug vasamd."

Er: "Pfiffa hod a da no, oba gwart hod a da nimma."

Sie: "Wos is denn bei da Vorsorgeuntasuchung

rauskemma?"

Er: "I hob das do glei gsogt, dass der nix findt."

Sie: "Jetz plog i mi scho drei Dog mit da Gripp rum, oba im Bett werds aa ned bessa."

Er: "Host recht, dass d'aufbleibst. Glaubt's da ja sowieso koana, dass d' krank bist."

Sie: "Hans schau amoi, wia der Mond komisch

        ausschaugd?"

Er: "Des glaub i scho, dass der komisch

        ausschaugd. Des is ja ned da unsa. Mir san ja

        heid in Österreich."

Sie: "Du werst scho no schaun, wenn mir da Durchbruch mit meine Biachal gelingt?"

Er: "I schau ja jetz scho, wo i's Gejd dafür herbringa soi."

Sie: "Hans, wos hod da denn d'Nachbarin ois vazählt?"

Er: "Z'Nürnberg hint, glei wennst neifahrst, des dritte Haus links, do wohnt oana, der woaß aa ned ois."

Er: "Endli hod's Weda passt, dass i mit'm
Bergführa an Gipfe vom Montblanc
gschafft hob. Meij langjähriga Traum hod se
erfüllt."

Sie: "Wos habts dann do drom do?"

Sie: "S'Wohnzimma derfst aa wieda amoi obstaum!"

Er: "Wenn du oiwei rumpolierst, dann könna ja unsare Möbl nia antik wern."

Sie: "Wos hod de Frau zu dir gsogt, wiast mit'm
        Pfarra an Kranknbsuach gmacht host?"

Er: "Sind Sie auch ein Pater?"- Ja, hob i gsogt,
        aba a langsama."

Sie: "So schee und friedlich stell i mir amoi
       s'Paradies vor. Mechst mit mia amoi a so
       beiananda sitzn im Gartn Eden?"

Er: "Na, na! Kaum dad i bei dir sitzn und meine
       Flügl olegn, dadst ma scho wieda wos
       oschaffa, und wennst bloß sogatst: Schau
       amoi ume ums Eck, ob dort aa ois in
       Ordnung is."

Er: "De Menschn lob i mia, de ihre Sachan auftrogn und ned oafach ois in d' Kleidasammlung gebn, so wia unsa ‚oane'."

Er: "Unsa Stefan spuit im Orchesta de
        erschte Geign."

Sie: "Des is da dahoam no nia passiert."

Sie: "Hans, host amoi Angst vorm Sterbn?"

Er: "Eigentle ned. Des bissal Sterbn wern ma do in Gotts Nam aa no überlebn!"

Sie: "Bin i scho recht schwar worn beim Tanzn?"

Er: "Is ned so schlimm. Bist hoid wiara oida

Diesl. Wenn man amoi ogschmissn hod,

na laffta."

Sie: "Hans, wos hod denn de Frau im Sanatorium gsogt, de gmoant hod, dass du aa a Priester bist?"

Er: "Muaß i jetz beichtn?"

Sie: "Und was host na do drauf gsogt?"

Er: "Ja freile, wenn Eahna s'Gwissn arg druckt."

Sie: "Woast wos da Hansi von da Schui hoambrocht hod? - Daß mia olle vom Affn obstamma!"

Er: "Du vielleicht - i ned!"

Sie: "Sog hoid ned oiwei lejba. Sog hoid liaba."

Er: "Na sog i hoid liaba, wenns eich lejba is."

Sie: "Wos hod denn der sündteire Radio kost?"

Er: "Bloß zwoarahoib Hüat!"

Sie: "In da Kur kriag i Reduktionskost."

Er: "Hoffentle kimmst ned zruck ois Skelett."

Sie: "Gibt's bei uns aa an Meinungsaustausch?"

Er: "Freile! I kimm mit meina Meinung zu dir

und geh mit deina Meinung auße bei

da Tür."

Sie: "Wia war denn d'Predigt vom neia Pfarra und wos war seij Thema?"

Er: "D' Sünd!"

Sie: "Und wos hod a do gsogt?"

Er: "Er war dagegn."

Sie: "Muaß i mi strecka, dass i de Kirschn

daglanga koo."

Er: "Pass feij auf, dass d' deij Übagwicht ned

valierst."

Er: "Hob i a Glück ghabt. Koana hod de meng,

aba i hob de glei kriagt."

Er: "Host heid dein Schweinsbratn fotografiert,

dass d' Vawandtschaft späda amoi sehgt,

dass bei uns hie und do aa wos Gscheits zum

Essn gebn hod?"

Er: "Jetz lieg i grad schee in da Sunn, a hoibe
        Bier danem und denk an nix Schlechts. Dann
        kimmst ausgrechnet du daher."

Er: "I woaß scho, dass i bloß da zwoate

Haushaltungsvorstand bin."

Sie: "Da Nachbar, da arm Deife, hod am Bettla

2 Euro gschenkt, obwoi a selba ned vui

hod."

Er: "Der machts wia du. De boor Euro reißn's

aa nimma raus."

Sie: "D' Elvira hod gsogt, wenn i recht schwitz, muaß i Magnesium nehma."

Er: "Des brauchst du ned, denn: Bevor du zum Schwitzn ofangst, herst zum Arbatn auf."

Sie: "Drei Hoibe am Dog miassn reicha. Denk an deij Gicht!"

Er: "Reg de ned auf weng drei Hoibe am Dog. Jetz is ja scho Nacht."

Sie: "Hans, uns geht's so guad. Andere geht's
genau so guad, aba es is eahna ned bewusst."

Er: "Und wenn's uns amoi schlechta geht, na
frei ma uns, dass uns ned
no schlechta geht."

Sie: "Jetz hob i doch tatsächlich Reiffeisnkasse mit e gschriebn."

Er: "Des macht nix; d' Hauptsach, du spendst."

Sie: "I woaß scho, dass da Trube in unsam Haus oft vui Nervn kost. Is oba aa schee, wenn's olle gern kemma. Dafür kriagn ma im Himme amoi an Fenstaplotz."

Er: "I wui koan Fenstaplotz. Do datn wieda olle vorbeikemma, und dann wars aa dort aus mit da ewign Ruah."

Er: "Es waar scho arg, wenn mia a Achtzehnjahrige nochlaffa dad. I kannt ihr nimma davolaffa."

Sie: "Warst jetz endle bei da Ostabeicht?"

Er: "Ja, ja! War oba glei vorbei, weil i bloß
beicht hob, hie und do trink i a Hoibe zvui
und ab und zua geh i am Sonntog ned in
d'Kirch! Do hod a gfrogt: ‚Ist das alles?'
- ‚Für heia scho, aba vielleicht wird's
nächsts Johr mehra'."

Er: "Moanst, mir waar des Wort ‚Beichtstuih'
eijgfoin, wia mi a Preiß danoch gfrogt hod.
Dann hobe hoid einfach
‚Sündnkastn' gsogt."

Sie: "D'Leit sogn, dass bei uns a reine Liebesheirat war."

Er: "De ham se deischt Es war für mi a reine Vernunftsehe. Denn: Wia i deine 500 Mark gseng hob, hob i mir denkt: De muaß her!"

Sie: "Feiern mia unsa Goidane Hochzeit oda ned?"

Er: "Da wird ned groß gfeiert. Mia san froh, dass in de 50 Johr ned oana den andan ‚gfeiert' hod."

Sie: "Wenn mia wos gelingt und i erzähls volla Begeisterung, muaßt du ned oiwei dazwischnredn und mi bremsn. Es hoast scho im Evangelium: ,Du sollst dein Licht nicht unter den Scheffel stellen, sondern auf den Leuchter.'"

Er: "Aufn Leuchter, des gang ja. Oba wost as du histellst, da erblasst ja da Fernsehturm."

Sie: "Host mein Geburtsdog heia aa
wieda vagessn?"

Er: "Na - na! I hob da sogar a Gschenk kafft.
Oiso ois Nachträgliche zum Geburtsdog."

Sie: "Jetz hob i an Einkaufszettl gschriem und hob s'Marmelad vagessn. Bring no a Kiwi-Stachelbeer mit."

Er: "I hob a Glasl kafft. Kübl hams ned ghabt."

Sie: "Mit meim Lesabriaf hobe wieda vui Leit auf positive Gedankn brocht. Do juckan meine Fliegal."

Er: "Paß feij auf, dass d'Voglgripp ned kriagst."

Sie: "In de Nachrichtn sogns bei jedm zwoatn
       Satz des Wort ‚nachhaltig'."

Er: "Bei uns klingts meistns noach ‚vorhaltig'."

Sie: "Wenn i voa dir stirb, heb i dir scho a
Platzal auf neba mia.
Da Petrus wird de scho informiern."

Er: "Dank schee, Petrus, fia deij Huif, sog i
amoi, aba i wer scho wo andas untakemma."

Sie: "Gibt's im Dom aa Mesnerinnen oda

bloß Mesner?"

Er: "Im Basilikum gibt's bloß Mesner."

Sie: "Hans, wos Schlimms is passiert. I bin mitm Auto ins Schaufensta neijgfahrn. Valetzt hob i koan, nur d' Scheib'n is hi."

Er: "S' gibt wos Schlimmas. 'S nächste Moi gehst hoid wieda durch d' Eingangstür."

Sie: "Heija wui i auf'm Oktobafest unbedingt a knusprigs Hendl essn!"

Er: "Aba nur, wenn ma oans findn, des koane Würm gfressn hod."

Sie: "Hans, wos host'n dazua gsogt, wias am

Stammtisch an Pfarra recht ausgricht ham?"

Er: "Wer ohne Sünde ist, werfe den

ersten Stein."

Sie: "Bei dera Computervorführung hobe aba ned vui vastandn."

Er: "I aa ned. Meij Nachbar, a Preiß, hod zu mia gsogt: ‚Viel Geschrei um wenig Wolle, sagte der Teufel, und schor ein Schwein'."

Sie: "Des heds aba ned braucht, dass d' ma zum Hochzeitsdog rote Rosn kafft hosd."

Er: "Wenns nix andas mehr ghabt ham."

Sie: "Unsa Hochzeitsreise mit de Radl vo Trudaring noch Minga ins Gärtnertheata war doch a einmaligs Erlebnis."

Er: "Einmalig war aa meij Waschklupperl an da Hosn, des olle gseng ham."

Sie: "Du vastehst doch wos vo Musik. Spuit da Krause aufm Akkordeon in D-Dur oda in S-Dur?"

Er: "Der spuid in oana Dur."

Sie: "Wos hosd du an Peda gfrogt, wias in eiam Suff im Straßgrom gsessn seid's?"

Er: "Ob er an d'Auferstehung glaubt?"

Sie: "Und wos hoda gsogt?"

Er: "Eigentle scho, aba ned voa morgn friah."

Er: "Jetz wuima da Bausparvatreta de doppelde

Summe voaschlogn, weil er sogt, dass i mit

weniga net vui ausricht.

Wos moanst nacha du?"

Sie: "Untaschreib'n!"

Sie: "Wia hod d' Muadda reagiert, wias in da Kircha nachm Rosnkranz no gsogt hod, dass jedn Dog aa um a Seidl Bier bittn dad, und unvahofft a Stimm gsogt hod, ‚Wasserle trinken'."

Er: „Sie hod gmoand, des waar da Jesus gwen, und hod gschimpft: „Du Lausbua hoit deij Mai, i red mit deina Muadda."

Sie: „Wenn i amoi stirb, laß i ois do, bloss a Schürzl nimma ma mit."

Er: "Wos duast denn mit am Schürzl?"

Sie: "Do kemman olle Vagejts-Good neij, de i mia im Leb'n daarbat hob."

Sie: "Heid is ma wieda a Schnapsidee eijgfoin."

Er: "Du host ned bloß Schnapsideean,

        du trinkst'n aa."

Er: "Warst entdeischt, wia in da Wallfahrtskirch siebn vo deine Gebetbiachal obganga san und koana wos ins Gejdkörbal glegt hod?"

Sie: "A wengal scho. D' Muaddagottes hobe gfrogt, warums auf's Köabal ned aufpaßd hod?"

Er: "Aufs Körbal hods doch aufpasst. Des hams da ja ned gstoin."

Sie: "Da Adolf hod grantlt, weil er in koana Apothekn a Mittl gfundn hod fia sein krankes, mageres Haar. Habds'n bedauert?"

Er: "Mia ham schallend glacht! Do wara saua und hod gfrogt: „Is des gar so schee, wenn ma üba an Krankn lacht?"

Sie: "Heid hod uns da Pfarra noch da heilign
Mess' a ziemlich groß's Glasl Weißwein
gebn und hod gsogt: ‚Trinken Sie die Liebe
des heiligen Johannes'.
Und jetz bin i bsuffa."

Er: "Die Liebe zum Johannes wird scho wieda
nochlassn."

Sie: "Hans, beim Krippalspui im Kindagartn hod
d' Maria zum Josef gsogt: ,Josef, ich kann
nicht mehr'. Und wos moanst, wos dea drauf
gsogt hod?"

Er: "Waarst dahoam bliem!"

Sie: "Hans, schmeckta da Ostafladn?"

Er: "Wos soi i sogn: A echta Fladn, flach und geschmacklos."

Sie: "Beim Klassntreffn hobe in da Kirch bloss

auf de oane Seitn higseng,

und do hobe scho ned olle kennt."

Er: "Host an schlechtn Blotz ghabt?"

Sie: "Bleib heid dahoam und geh morgn zum Wirt. Morgn omnd bin i aa ned dahoam."

Er: "Warum? Host du morgn wieda Priesternachwuchs?"

Sie: "Bei welchem Heiligen die Zunge nicht
verwest sei, wollt der neue Kaplan wissen.
Mia is oba ned eijgfoin."

Er: "Es macht nix. Bei dia vawests
aa amoi ned."

Sie: "Unsan neia Kaplan hobe aufklärt: Werkdogs san uns ned vui. Do miassns Lieada raussuacha, de ma könna."

Er: "Wos hoda gsogt, wiast eahm aa scho wieda wos ogschafft host?"

Sie: „Koa Sorg! Es san lauta oide Schlaga, de könnts scho."

Sie: "Hans, i kann's kaum glaum. Im ältestn Heimatkalender für Niederbayern und da Oberpfalz (Straubinger Kalender) san von mir fünf Gschichtn obdruckt worn."

Er: "Du host wirkle 's Glück vom Goaßpeterl. Du kannst nix dafia."

Zu bestellen bei

Ilse Sixt
Waldstrasse 26
85667 Oberpframmern
E-Mail: info@ilsesixt.de
Internet: www.ilsesixt.de